1

Aún estaba dormido en su rama cuando

  Plácido oyó pasar un enjambre de moscas.

Abrió un ojo, bostezó y preguntó;

 -¿Adónde vais tan deprisa?

-¡Vamos al circo!

El camaleón aún no tenía hambre. Por eso,

 se salvaron.

Pero despertaron su curiosidad. Las vio dirigirse

  hacia la plaza del pueblo.

  Detrás de unos árboles, se veía la cúpula

 de la carpa del circo.

Cuando por la tarde de aquel domingo soleado,

la gente iba en masa en esa dirección,

Plácido decidió hacer lo mismo. Pero al pasar

ante un escaparate, se llevó un buen susto.

 Su imagen era la de un joven guapo,

 y bien vestido. Se había olvidado que tenía

el poder de mimetizar

a todo lo que le rodea.

3

-¡Mamá, mira!; este señor

tiene cola - exclamó

una niña.

-!Cállate! Ya sabes que es

feo señalar con el dedo.

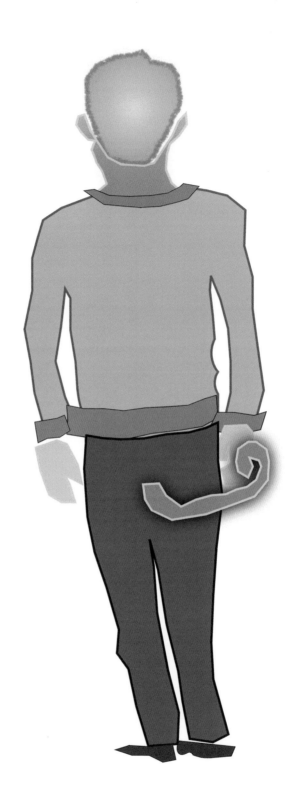

Aún no había empezado el espectáculo.

Y como

tenía hambre, el camaleón

se fue de paseo entre los carromatos.

Su olfato le guiaba hacia las moscas.

Todas estaban revoloteando en el interior de

una jaula, atosigando a un león que

intentaba dormir.

-¡Glup, glup!

Plácido atrapó con su lengua

varias docenas de esos molestos insectos.

En otra jaula, varias gorilas saltaban y se reían

-¡Jajaja! el león tiene hambre.- gritaban

-¡El león tiene hambre! ¡tiene hambre el león!-

repetía

un cacatúa, moviendo la cabeza.

Pero de repente, todos se quedaron callados;

un hombre y una mujer pasaban por el pasillo.

Plácido no quería que le viera nadie.

Por eso, se coló en la jaula

del león, transformándose también en león.

-¡Vaya! -dijo el hombre- aquí hay dos leones.

-¿ Ya has bebido, Fermín? ¿Y ves doble? -dijo

la mujer- Sabes que sólo nos queda uno.

-¿Quién eres tú?- gruñó el león mirando a

Plácido.

-Un amigo que te quiere ayudar- dijo Plácido.

Pero

como no se sentía a salvo, salió y recobró

su anterior aspecto de ser humano.

-Nadie me puede ayudar.

Yo no soy viejo; como dicen.

\-   *Pero sí, cansado de esta vida.   Soy un rey.*

El rey de la selva.

Quiero volver a mi territorio y ser libre.

Quiero cazar para comer.

Ya no quiero comida basura.

El hombre llevaba encadenado

un elefante alicaído

que andaba penosamente

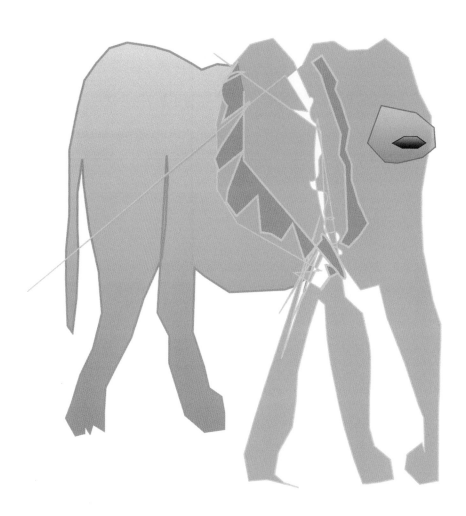

-¿Adónde van con el elefante?

-Lo van a vender porque ya no puede trabajar.

Desde que se hizo daño en una pata,

no puede actuar. La culpa es de Fermín;

No nos cuida. Más bien nos maltrata.

-¡Escóndete!- gruñó el león- ¡Viene gente!

En el mismo instante, Plácido se volvió invisible.

Era la amazona del circo que regresaba

para llevar a los caballos al establo.

Desmontó y se puso a acariciar a la yegua.

-¡Buen trabajo, Bella! ¡Te felicito! -decía- ¡Y tú

también, Romeo! ¡Estoy orgullosa de los dos!

-Ahora toca comer y descansar

Pero los dos caballos se pusieron muy nerviosos.

Empezaron a temblar, cuando la amazona llamó

a su cuidador

-¡Fermín, Fermín!- había dicho- Llévese a esos dos

campeones. ¡Se han ganado una buena ración!

-¿Por qué están nerviosos?- preguntó Plácido al león.

-Ese hombre es un malvado.

. No les da de comer, no les

cepilla bien y les pega. Como a nosotros.

Plácido siguió al hombre y comprobó que era

verdad. La mujer estaba viendo la televisión.

Fermín en un hangar, hablaba con otros hombres.

-Debes arreglártelas, Fermín. Es preciso que

nos vendas esos caballos

-Son los animales preferidos de la hija

de los dueños.

Con ellos, ofrece uno de los espectáculos

más aclamados del circo.

-Por eso, los queremos. Sin esos animales

la gente no vendrá y no tendremos competidores.

-De acuerdo- les dijo Fermín.- Cansados y hambrientos,

No podrán trabajar. Pero me tenéis que pagar antes.

Plácido, viendo tratar a los animales como una

mercancía, se enfadó tanto que tropezó

con un tubo de escape. Se transformó al instante

en un motorista.

Pero como tenía reflejo, simuló ser un agente de policía

y gritó;

-¡Arriba las manos!

-¿Qué es eso?- dijeron uno de hombres.

-¿Un muñeco que habla?- dijo el otro.

.

Pero el elefante consiguió abrir el pestillo de las jaulas

-Nuestro amigo necesita ayuda- dijo

-¡Andando- dijo el león a los caballos. -En vuestro caso

mejor decir; trotando

Otra vez, la cola de Plácido le delataba;

era mitad-hombre,

mitad-camaleón.

Pensaron que

se trataba de una nueva atracción del circo

y siguieron con su transacción.

Pero, apareció en la entrada del hangar

el león que

avanzaba con el porte majestuoso que le caracteriza.

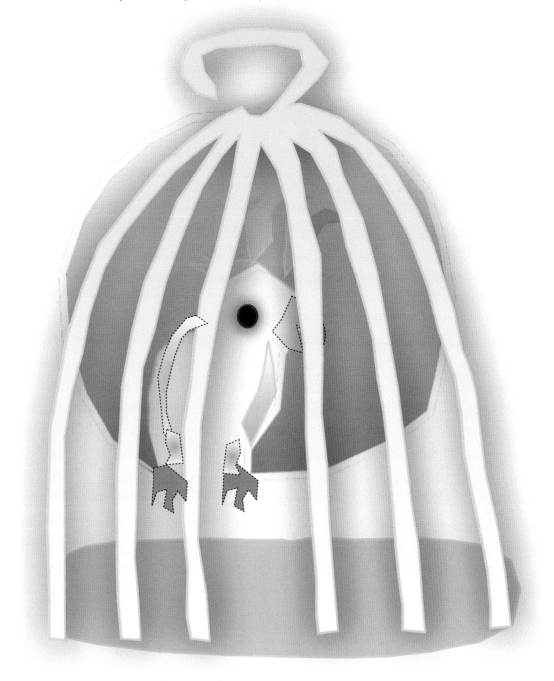

Detrás de él, venía el elefante, los caballos

y los gorilas.

Al ver avanzar a las fieras y colocarse

detrás de

Plácido, los tres hombres se asustaron.

-¡Socorro! - gritó Fermín

-¡Socorro!- gritaron sus dos compinches

-¡Socorro, socorro!- gritó el cacatúa

en su jaula

-¡Ja,ja,ja!- Se rieron los gorilas,

 a la vez

que saltaban alegremente. Así fueron

  a reunirse al

grupo de animales.

Viendo que no corrían peligro, los hombres ignoraron

a los animales y siguieron con su negocio.

-Ya ven Ustedes cómo los tengo dominados- dijo Fermín

con gran satisfacción- Sólo con verme, se quedan muy

tranquilos.

Ha venido sola la mercancía para que se la

lleven de aquí. Sólo les falta pagarme.

-Tú que hablas el idioma de los humanos- dijo el león

a Plácido- Diles que no les queremos ningún mal.

Sólo queremos que nos den comida saludable, agua

fresca y que se nos trate mejor.

- ¡Escuchad, señores- dijo Plácido.- Los animales, bajo

ningún concepto, deben sufrir malos tratos. Son seres

vivos como vosotros. Sus derechos deben ser

respetados.

-¡Un muñeco que habla!- dijo uno de los hombres.

-¡Qué gracioso!- dijo su compañero.

Pero Plácido no bromeaba. Estaba tan furioso que

recobró su aspecto de camaleón y con la rapidez

que le caracteriza, estiró la lengua, atrapó a Fermín

y le lanzó por los aires.

Sus compinches querían aprovechar el

momento para huir a toda prisa. Pero no pudieron

ir muy lejos.

Las fieras les bloquearon el paso

-¡Bajadme de aquí!- gritaba Fermín.

-Antes tienes que prometer que no utilizaras los

animales para tus trapicheos.

-¡Lo prometo!- gritó Fermín

-¿Y limpiarás sus jaulas?

-¿Y les darás de comer?

-¡Si, lo prometo!

-Más te vale, pues estaré vigilándote.

Fermín tuvo la mala suerte de que el dueño del circo, se enteró de que algo no iba bien con los animales, pues los payasos tuvieron que repetir su representación para entretener al público. No fue necesario que Plácido, de nuevo con aspecto de hombre, le diese una explicación.

-Sospechaba- dijo él- que había un tráfico ilegal de animales que alteraba el normal funcionamiento del espectáculo. Pero me resistía a pensar que Fermín podría ser el   culpable.

-No se preocupe, Señor- dijo Plácido.- ha prometido portarse como es debido y trabajar con honestidad.

En poco tiempo, la normalidad regresó en las jaulas de los animales.

Todo era tan limpio que el camaleón tenía problemas

para encontrar su plato favorito; las moscas

El dueño del circo quiso premiar a aquel vigilante

que se entendía tan bien con los animales.

Le propuso presentar la siguiente

función y Plácido aceptó encantado.

Pero, con una condición;

que el director libere después a los animales y acepta

nuevas propuestas para entretener a su público.

-Los animales han de vivir en libertad- argumentó el

camaleón.

Hubo un día especial para el viejo león. Fue cuando el

domador apareció entre las jaulas,

acompañado de una hermosa leona. A instancias de

Plácido, el director le había permitido adquirirla para

un nuevo número.

El león se irguió y no perdió detalle

del paseo de tan bello animal. Rugió de alegría.

-Se ha enamorado- susurró el elefante

-¡Ja, ja, ja!- se rieron los gorilas.

-¡Se ha enamorado! ¡Se ha enamorado!- gritó el cacatúa.

No protestó el león. Más aún cuando el domador

le invitó a seguirle para ensayar con su

nueva adquisición.

El espectáculo se anunció a bombo y

platillos por las calles del pueblo mediante el

altavoz que anunciaba las diversas actuaciones.

Y no defraudaron.

Hubo unos payasos muy graciosos que hicieron reír

a los niños. Luego los maravillosos caballos supieron

merecer el aplauso del público. Igual que los gorilas.

Igual que el elefante engalanado de tapices.

El suspense fue a cargo de los leones;

saltaron juntos a través de un aro en llamas.

Hubo quién se tapó los ojos creyendo

que se iban a chamuscar. Hubo también equilibristas

y todo el mundo disfrutó con los malabaristas.

Pero el plato fuerte del espectáculo aún faltaba. Un

repique de tambores impuso silencio. Los altavoces

anunciaron;

-¡Y ahora para nuestro distinguido público,

un espectáculo único y sin precedentes;

- ¡Os presentamos al nuevo ilusionista! ¡Plácido el

camaleón!

Plácido apareció elegante. Se quitó el sombrero

para saludar al público. Luego

se transformó

en   un puma negro, hermoso que

dejó

boquiabierto cuando saltó del suelo hacia un columpio.

De allí, se lanzó en el aire. Pero cuando pensaban

que se iba a caer, se transformó en un

águila que desplegó sus grandes alas y fue a

posarse en uno de los aros. Pero para caber en aquel

pequeño anillo, adoptó pronto   el aspecto de una

paloma blanca.

¡Oooooh!- decía el público.

La paloma revoloteó por toda la sala, seguido por

las miradas de un público maravillado, que se puso a

aplaudir frenéticamente.

   Y desapareció.

 -¡No os olvidaré, amigos! - exclamó Plácido al grupo

 de animales del circo. Eran los únicos que entendían

el idioma del pequeño camaleón aferrado a la lona,

  que sólo ellos veían.

 Se rieron todos cuando oyeron;

   ¡Glup, glup!

 Plácido estaba comiendo moscas

 -Y tú, pequeño lector;- añadió el camaleón

- hasta la próxima aventura.

   FIN

Printed in Great Britain
by Amazon